Oscar De La Hoya

SUPER OSCAR

with/con Mark Shulman · illustrated by/ilustrado por Lisa Kopelke

Simon & Schuster Books for Young Readers
New York   London   Toronto   Sydney

Oscar era un soñador incorregible.

Cuando Oscar tomaba el bus para ir a la escuela todas
las mañanas, iba soñando todo el camino.
En la escuela, Oscar soñaba durante todo el almuerzo.
Y cuando tomaba el bus de regreso a casa,
soñaba un poco más.

When Oscar rode the bus to school in the morning,
he daydreamed the whole ride away.
At school, Oscar would daydream straight through his lunchtime.
And when he rode the bus home from school, he daydreamed some more.

A la hora del desayuno,
Oscar soñaba mientras
se le enfriaban los
panqueques y se le
calentaba el jugo de naranja.
Su padre le decía:
—Oscar, es bueno
soñar, pero a veces se
necesita bajar de las
nubes para hacer ciertas
cosas.
—Es cierto—, decía Oscar.

At breakfast, Oscar daydreamed
as his pancakes got cold and his
orange juice got warm.
His father said, "Oscar, it's good to dream.
But sometimes you need to take your head
out of the clouds to get things done."
"Right," Oscar said.

Los sábados, en el barrio
de Oscar todo el mundo se reunía
para un gran picnic en el parque.
Los vecinos traían todo tipo de
comidas así como muchos juegos
y diversiones.

On Saturdays in Oscar's neighborhood, everyone got together for a picnic in the park. People brought all sorts of food and there were games to play.

La madre de Oscar se encargaba de hacer las listas con lo que cada persona debía traer.
Oscar corría por todo el barrio repartiendo las listas.
Hasta que un día, un cierto soñador incorregible, olvidó repartirlas.

Oscar's mother was in charge
of making the lists so that everyone
knew what to bring. Oscar would run around
his neighborhood to give out the lists.
One week a certain daydreamer forgot
to give them out.

Picnic Saturday

chips
~~~~~~~~~~~

That Saturday, Oscar was lying on the grass, looking at the shapes in the clouds.
His mother called, "OSCAR! You never gave out the lists! We'll have to cancel the picnic. There won't be anything to eat!"
"Don't worry, Mami!" Oscar said as he jumped up. "There's still time!"

Ese sábado, Oscar estaba tendido en el jardín, observando las formas de las nubes.
Su madre lo llamó:
—¡OSCAR! ¡Se te olvidó repartir las listas! Vamos a tener que cancelar el picnic.
¡No habrá nada que comer!
—¡No te preocupes, mami!
—dijo Oscar levantándose de un salto—.
¡Todavía hay tiempo!

Y en un abrir y cerrar de
ojos, Oscar salió disparado.
Corrió al mercado. Allí compró todo lo que
necesitaba y se apresuró al parque.
Veinte minutos antes del picnic. . . .

And in a flash,
Oscar zipped away.
He rushed to the grocery store.
He bought everything he needed
and raced to the park.
Twenty minutes until the picnic. . . .

Oscar desempacó las compras
y las puso en las mesas del picnic.
Quince minutos antes del picnic. . . .

Oscar quickly unpacked the groceries and set the picnic tables. *Fifteen minutes until the picnic....*

Después, Oscar comenzó a
batir la crema para la torta de fresas
que sería el postre.
Cinco minutos antes del picnic. . . .

Then Oscar began
whipping up the cream for the
strawberry shortcake dessert.
Five minutes until the picnic. . . .

El reloj marcó el mediodía.
Era hora del picnic.
Todos los amigos y vecinos de
Oscar llegaron al parque. Oscar estaba
emocionado . . . ¡hasta que se dio cuenta que
no había música!
Entonces Oscar enseñó una canción
a unos cuantos amigos y la cantaron de
maravilla mientras todos iban llegando al parque.

The clock struck noon.
It was time for the picnic to begin.
All of Oscar's friends and
neighbors came into the park.
Oscar was excited—until he
realized there was no music!
Oscar taught a few friends a tune.
They performed it beautifully as
everyone was arriving at the
picnic site.

El picnic se inició con la actividad preferida
de Oscar: el concurso de comer empanadas.

The picnic started with Oscar's favorite event—the empanada-eating contest.

Ese día tuvieron el mejor de los picnics.

It was the best picnic ever.

Pero aquella tarde, cuando ya era hora
de servir la torta de fresas . . . Oscar no
parecía estar por ningún lado.
Felices sueños, Oscar.

By the time the strawberry
shortcake was served that afternoon,
Oscar was nowhere to be found.
Sweet dreams, Oscar.

Nota para el padre o la madre:
¡Ponga a su hijo a hacer ejercicio como Oscar!

Convierta el ejercicio en parte de la rutina diaria de su hijo. Todo el mundo debe hacer por lo menos treinta minutos de ejercicio al día.

Haga ejercicio con su hijo. Antes de comenzar, asegúrese de que la ropa que llevan es ligera para que puedan mover los brazos y las piernas con facilidad. Pónganse calcetines y zapatos atléticos cómodos que tengan un buen talón y soporte en el arco.

No haga ejercicio afuera si está haciendo demasiado calor o demasiado frío. Si ve que su hijo tiene dificultades al respirar, se siente mareado, o le duelen los tobillos o las rodillas, paren el ejercicio.

Antes y después de hacer ejercicio, estiren los brazos y las piernas durante cinco o diez minutos. Juntos, hagan lo siguiente:

· Estírense intentando alcanzar el cielo

· Extiendan los brazos hacia ambos lados, como un avión

· Intenten tocarse los dedos de los pies

Mantengan cada estiramiento durante diez a veinte segundos. Los estiramientos deben hacerse con suavidad, jamás deben doler.

Caminar: Salga a caminar diez minutos con su hijo en el parque. Practiquen el equilibrio caminando sobre la hierba, las piedras y la arena. Intenten caminar rápido y después despacio.

Correr: Correr ejercita el corazón y los pulmones. Jueguen a perseguirse o apuesten una carrera hasta un árbol. Para ir más rápido, inclinen el cuerpo hacia adelante y muevan los brazos.

Saltarines: Para empezar, pónganse de pie con los brazos a los lados y los pies juntos. Salten y mientras estén en el aire, extiendan los brazos y las piernas. Salten una vez más y regresen a la posición inicial, juntando los brazos y las piernas. Propóngale a su hijo que intente hacer diez saltarines.

Saltar la cuerda (la comba, la soga, el lazo): Agarre las puntas de la cuerda, una en cada mano. Para ponerse en posición, lance la cuerda por encima de su cabeza, para que le quede por detrás de las piernas. Vuelva a enviar la cuerda por encima de su cabeza hacia el frente y cada vez que la cuerda pase por enfrente de sus pies, sáltela. ¿Puede lograr que su niño salte la cuerda cinco veces sin parar?

Después de hacer ejercicio, asegúrese que ambos tomen mucha agua y coman alguna merienda saludable como yogur, queso, o alguna fruta fresca.

A Note to Parents:
Have Your Children Exercise Like Oscar

Make exercise a part of your child's day. Everyone should get at least thirty minutes of physical activity daily.

Exercise with your child. Before you start, make sure you're both wearing lightweight clothes that allow arms and legs to move in all directions. Wear socks and snug-fitting athletic shoes with good heel and arch support.

Do not exercise outside if it is too hot or too cold. If your child is having difficulty breathing, feels dizzy, or has pain in the ankles or knees, stop exercising.

Stretch arms and legs for five to ten minutes before and after exercising. Along with your child:
- Reach up to the sky.
- Spread your arms wide, like airplane wings.
- Try to touch your toes.

Hold each stretch for ten to twenty seconds. Stretches should feel like gentle pulls and should not hurt.

Walking: Take a ten-minute walk in the park or near your home with your child. Practice balance by walking across the grass, the rocks, and sand. Try walking slow and fast.

Running: Running exercises the heart and lungs. Play tag or race to a tree. Lean forward and swing your arms to go fast.

Jumping jacks: To begin, stand with your arms at your sides and feet together. Jump into the air and spread your arms and feet apart. Jump again and bring your arms and feet back together. See if your child can do ten jumping jacks.

Jumping rope: Hold one end of the rope in each hand. To prepare, swing the rope behind you and over your head. Now swing the rope forward over your head. Each time the rope comes in front of your feet, jump over it. Can your child jump over the rope five times without stopping?

After exercising, make sure you both drink a lot of water and eat a healthy snack, like yogurt, cheese, or fresh fruit.

To my children, Jacob, Atiana, and Oscar Gabriel—
you are my inspiration every time I step into the ring. With love, Dad
–O. D. L. H.

For Rob Friedman, a friend indeed. With thanks to Susan Cohen and David Gale
–M. S.

To my best friend, Irma, who has always laughed with me and not at me for my dreams,
and to Chris and Claire for helping me realize them
–L. K.

SIMON & SCHUSTER BOOKS FOR YOUNG READERS
An imprint of Simon & Schuster Children's Publishing Division
1230 Avenue of the Americas, New York, New York 10020
Text copyright © 2006 by Oscar De La Hoya
Illustrations copyright © 2006 by Lisa Kopelke
SIMON & SCHUSTER BOOKS FOR YOUNG READERS is a trademark of Simon & Schuster, Inc.
Book design by Lucy Ruth Cummins · Spanish translation by Andrea Montejo
Fitness tips written by Heidi Purrington, pediatric physical therapist, Phoenix Children's Hospital
The text for this book is set in Malonia Voigo and Lionel Text Genuine.
The illustrations for this book are rendered in acrylic paint. · Manufactured in China · 10 9 8 7 6 5 4 3 2 1
Library of Congress Cataloging-in-Publication Data · De la Hoya, Oscar, 1973– · Super Oscar / Oscar De La Hoya ; story by Mark Shulman ;
illustrated by Lisa Kopelke ; Spanish translation by Andrea Montejo =
Súper Oscar / por Oscar De La Hoya con Mark Shulman ; ilustrado por Lisa Kopelke. — 1st ed. · p. cm.
ISBN-13: 978-1-4169-0611-7 · ISBN-10: 1-4169-0611-8 · 1. De la Hoya, Oscar, 1973– —Childhood and youth—Juvenile literature.
2. Boxers (Sports)—United States—Biography—Juvenile literature. 3. Exercise for children—Juvenile literature.
I. Shulman, Mark, 1962– . II. Kopelke, Lisa, ill. III. Montejo, Andrea. IV. Title.
GV1132.D37A3 2006 · 796.83'092–dc22 · [B] · 2005017516